Für alle,
die Krieg und Gewalt erleben mussten

Stille Nacht
Heilige Nacht

*Erinnerungen an einen Heiligen Abend
während des zweiten Weltkriegs*

aufgeschrieben und zusammengetragen von

Antonia Katharina Tessnow

*TWENTYSIX – Der Self-Publishing-Verlag
Eine Kooperation zwischen der Verlagsgruppe Random
House und BoD – Books on Demand*

© 2017 Antonia Katharina Tessnow

*Herstellung und Verlag:
BoD – Books on Demand, Norderstedt*

ISBN: 9783740733193

aus dem Tagebuch
der Schwester meiner Mutter

Berlin 1944

Wir wohnten in Berlin Mahlsdorf, als sich im Frühjahr 1943 die Bombenangriffe auf Berlin derart ausweiteten, dass sie schließlich auch die Außenbezirke erreichten. In unserer Nachbarschaft wurde gerade erst mit dem Bau eines großen Luftschutzbunkers begonnen und da bei den Bombardierungen immer mehr Familien um uns herum in ihren Kellern verschüttet wurden, schickte uns unser Vater aufs sichere Land.

Ketzin ist ein kleines, stilles Dorf, malerisch umgeben von Feldern und Wäldern. Hier hatte Vatis Freund, ein Kriegskamerad aus dem 1. Weltkrieg, einen Bauernhof. Dort wurden wir von seiner Familie herzlich empfangen und für einige Monate aufgenommen.

Unsere Mutti und wir zwei Mädchen sollten die Möglichkeit haben, uns von den Schrecken und Aufregungen des Bombenkrieges zu erholen. Ketzin ist nur 150 km von Berlin entfernt und doch spürten wir hier nichts von den täglichen Luftangriffen auf die Städte.

Anfangs misstraute ich der Stille. Ich war wie eine gespannte Feder, jederzeit bereit aufzuspringen um Sicherheit und Deckung zu finden. Es dauerte ein paar Tage, bis ich genug Vertrauen fasste, um unbefangen mit den anderen Kindern auf dem Bauernhof zu spielen. Doch gerade als ich den Krieg vergessen hatte, ging eine Sirene los. Meine

Schwester und ich sprangen sofort auf. Unsere Blicke suchten den Himmel ab. Es waren noch keine Bomber zu sehen, also stürzten wir ins Haus, um unsere Habseligkeiten in Sicherheit zu bringen. Als wir mit Kleidern und Kuscheltieren in Richtung Vorratskeller rannten verstummte die Sirene. Stattdessen hörten wir schallendes Gelächter. Die anderen Kinder lachten uns aus. Als sie uns erzählten, dass die freiwillige Feuerwehr nur ihren monatlichen Probealarm durchgeführt hatte, mussten wir auch lachen.

Der Krieg schien plötzlich nur noch eine Erinnerung an ein längst vergessenes Leben.

Wir lernten wieder, durchzuschlafen und auszuschlafen. Wir lernten mit Tieren umzugehen und halfen auf dem Felde. Ich ging in die kleine Dorfschule und morgens, nach dem Aufstehen, bekamen wir frisch gemolkene, noch warme Milch. So verging ein wunderschöner Sommer und ein friedlicher Herbst. Es war nahezu paradiesisch.

Inzwischen war der Bau des großen Stahlbetonbunkers soweit fortgeschritten, dass wir nach Berlin zurückkehrten und nun während der Fliegeralarme in den Bunker flüchten konnten.

Am 18. November 1943, mit Koffern und Körben beladen, gerade in unserer alten Wohnung angekommen, heulten auch schon die Sirenen. Wir griffen eilig unser Gepäck und rannten, um in dem Bunker Schutz zu suchen. Obwohl hinter uns schon die ersten Bomben einschlugen, dachten wir nicht daran auch nur einen Koffer fallen zu lassen. Wir hatten Würste und Speck aus Ketzin mitgebracht, unbezahlbare Schätze, die in der kriegsgebeutelten Stadt Mangelware waren.

Der Donner der Explosionen verlieh uns Flügel und so schafften wir es in die Sicherheit des neuen Bunkers ohne auch nur einen Kratzer. Aber unsere Seelen hatten tiefe Wunden abbekommen. Die Ruhe der vergangenen Monate war mit einem Schlag von uns genommen. Heute früh hatten wir noch den Sonnenschein im Gesicht und die klare Landluft in den Lungen und jetzt saßen wir, von meterdicken Betonwänden umgeben, auf dem kalten, feuchten Boden und schmeckten den Staub zerstörter Häuser, während wir versuchten wieder zu Atem zu kommen. Wie schön hatten wir es doch in dem kleinen Dorf gehabt!

Es gab nun fast jeden Abend Fliegeralarm, manchmal auch nachts. Wenn wir den Bunker nach den Angriffen verließen, lag die Stadt unter einem mächtigen, glutroten Feuerschein. Oft waren wir schwarz von dem Ruß, der alles bedeckte. Unser Handgepäck, wozu auch eine Decke und eine Gasmaske gehörten, stand immer bereit und wir brauchten nur Sekunden, um uns anzuziehen, sobald die Sirene zu heulen begann.

„Ist der Bunker auch wirklich bombensicher?" Das war oft unsere bange Frage an den Vater.

Er war es, wie wir im weiteren Verlauf des Krieges erleben konnten.

Das Weihnachtsfest kam heran. Alles war geputzt und der große Weihnachtsbaum war bereits im Wohnzimmer aufgestellt.

Oma und Tante Frieda übernachteten bei uns; wir wollten das Fest gemeinsam verleben, denn die

Nähe zu unserem Bunker ließ uns alle beruhigter und etwas unbesorgter die Weihnachtstage erwarten.

Zu ungewohnter Zeit – morgens um 7 – heulten am 24. Dezember die Sirenen. Während wir aus den Betten sprangen und uns rasch anzogen, hörten wir schon das tiefe Brummen der Flugzeuge, das immer lauter wurde, und als wir vor das Haus traten, war es draußen taghell von den Scheinwerfern. Die Flak feuerte ohne Unterlass. Ein ohrenbetäubender Lärm.

In Panik rannten meine Mutti, Oma, Tante Frieda und ich wie immer in Richtung Bunker.

Meine Schwester und Familie Gruber aber rannten mit Vati in den Keller, da sie sich nicht mehr hinaus wagten. Der Keller bot jedoch kaum Sicherheit.

Meine Schwester schrieb dazu in ihr Tagebuch: „Als etwas Ruhe eingetreten war sauste mein Vati mit mir auf dem Fahrrad zum Bunker, rings um uns blitzte und krachte es, nur über uns nicht. Ich dachte immer: 'wenn wir nur erst da wären!' Am Bunker sprang ich vom Rad. Vati wollte wieder umkehren, doch da fielen plötzlich ganz in der Nähe Bomben. Im Bunker suchte ich meine Mutti und meine Schwester, aber sie waren nirgends zu finden. Nun bekam ich Angst."

Wie aber war es uns, die wir trotz des gefährlichen Luftkampfes losgerannt waren, ergangen?

Wir waren mit vielen Anderen die Straße entlang gehastet bis zu der Ecke, an der wir hätten abbiegen müssen. Hier stand Kaufmann Kolbe vor seinem Hause und schleuste uns in seinen Erdbunker im Garten. Es krachte und blitzte über uns. Wir standen eng zusammengedrängt beieinander in einem schmalen Erdloch. Bei jeder Explosion schwankten die seitlichen Stützbalken und von oben rieselte Erde auf uns herab. Und es war ein ständiges Weinen und Schreien um uns.

Ich saß auf meinem kleinen Koffer, hielt mir die Ohren zu und lächelte Oma, Mutti und Tante Frieda an. Später erzählten sie, wie tapfer ich gewesen war und dass ich ihnen Zuversicht gegeben hätte. Doch auch ich hatte riesige Angst; ich verbarg sie nur mit diesem Lächeln, das sich während des Angriffs wie ein Maske über mein Gesicht gelegt hatte.

Plötzlich wurde es ruhiger, die Kampfgeräusche ebbten ab und entfernten sich. Stille. Wir lauschten gespannt. Dann hörten wir voller Erleichterung den Entwarnungston.

Wir kletterten aus dem kleinen Erdloch heraus. Die Häuserreihen hatten sich weiter gelichtet. Ganze Mietshäuser waren zu Schuttbergen zusammengefallen. Manchmal fehlte einfach nur eine Wand, so dass man direkt in die Wohnungen gucken konnte, in denen teilweise noch das komplette Mobiliar stand.

Bevor wir um die letzte Ecke bogen, raste mein Herz vor Aufregung.

´Was wenn sie auch unser Haus erwischt haben?´ Ich musste an Vati und meine Schwester denken, die im Keller Schutz gesucht hatten. Bei einem direkten Bombentreffer hätten sie keine Chance gehabt. Ich schloss meine Augen.

„Sie leben", hörte ich meine Mutter erleichtert rufen.

Unser Haus stand noch. Vati und meine Schwester warteten davor und winkten uns zu.

So trafen wir uns alle unversehrt und letztlich glücklich darüber wieder.

Doch wie sah es in unserer weihnachtlich hergerichteten Wohnung aus? Alle Fensterscheiben waren zersplittert, die Verdunkelungsrollos hingen in Fetzen, der Deckenputz war herabgefallen und hatte alles verschüttet. Der Weihnachtsbaum war umgefallen und sah nun ganz grau aus. „Wie gut, dass er noch nicht geschmückt war!", sagten wir immer wieder.

Bei Familie Gruber war der Baum schon geschmückt und ist mitsamt der von uns allen so geliebten Weihnachtsspieluhr umgefallen. Der sah erst einmal traurig aus!

Vieles war entzwei gegangen. Trotzdem erwachte in uns die Freude auf den Heiligen Abend.

Wir fegten und wischten und schleppten und putzten; es sollte doch alles wieder festlich aussehen.

Immer wieder stieg Angst in uns auf und wir fragten uns: würden wir diesen Heiligen Abend ohne Fliegeralarm begehen können? Wir hofften es einfach!

Nach all den Arbeiten versuchten wir, etwas Schlaf zu finden. Doch es gelang nicht so recht angesichts der hinter uns liegenden Aufregungen.

Als draußen die Dunkelheit einbrach, war es soweit. Ein Glöckchen läutete den heiligen Abend ein. Tannenduft durchzog die Räume und der Weihnachtsbaum strahlte festlich und schön.

Wir Kinder sagten unsere Gedichte auf und die mit Spannung erwartete Bescherung folgte. Wir waren bereits im 5. Kriegsjahr und so fiel diese natürlich bescheiden aus. Doch die Freude überwog.

Dann besuchten wir Familie Gruber im Hause. Die Mutter setzte sich an das Klavier und wie jedes Jahr sangen wir gemeinsam „Stille Nacht, Heilige Nacht".

Auch hier strahlte das Bäumchen wieder. Die schöne, alte Spieluhr stand darunter und drehte sich vor unseren bewundernden Blicken um sich selbst.

Die Weihnachtsfreude war im ganzen Haus zu spüren. Wir wurden gewahr, dass wir gerade einen friedvollen, heiligen Abend verleben durften; ohne Alarm. Keine Bomben. Kein Bunker. Unsere Hoffnung hatte sich erfüllt.

Wir blieben in dieser Nacht noch lange beisammen um diese wundervolle Stimmung auszukosten. Keiner wusste, wie lange sie Bestand haben würde. Außerdem wussten wir, dass viele unserer Mitmenschen heute alles verloren hatten: Hu Hab und Gut. Kinder ihr Spielzeug, andere sogar das Dach über dem Kopf oder ihr Leben. Viele Menschen waren verletzt oder verschüttet; oder haben liebe Menschen verloren.

Wir waren dagegen voller Dankbarkeit mit dem Schrecken davon gekommen zu sein.

Noch ein weiteres Mal sollten wir Weihnachten im Kriege verleben ehe wir dieses schöne Fest im Frieden feiern durften. Und das bis zum heutigen Tag.

Antonia Katharina Tessnow, Mecklenburg 2017

Über die Autorin:

Antonia Katharina Tessnow, geboren 1975 in Berlin, absolvierte nach Beenden der Schule ihren Highschool-Abschluss in den USA. Nach einem einjährigen USA-Aufenthalt kehrte sie nach Deutschland zurück und arbeitete viele Jahre hauptberuflich als Berufsreiterin. Mit 22 wechselte sie in einen Sportstall nach Schleswig-Holstein, in dem sie sich auf die Dressur spezialisierte und Pferde aller Klassen trainierte und ausbildete. Mit 28 wechselte sie ins Berliner Olympiastadion und arbeitete dort 6 Jahre als Landesverbandstrainerin des modernen Fünfkampfes in der Disziplin Springreiten. Berufsbegleitend studierte sie Heilpraktik, Tierheilpraktik und ganzheitliche Psychologie und besuchte eine dreijährige Fortbildung am Institut für Emotionale Prozessarbeit.

Mitte 30 verließ sie den Reitsport, ging an eine Uniklinik nach Sri Lanka und erwarb dort ihre internationale Heilerlaubnis. Es folgten 3 Jahre, in denen sie zwischen Indien und den USA hin- und herpendelte, psychoenergetische Sitzungen leitete und sich weiterbildete.

Antonia Katharina ist Doctor of holistic Medicine und Psychology, hat sich umfassend mit alternativen Heilweisen befasst, wozu auch der therapeutische Einsatz von Musik gehört und besuchte Kurse von dem führenden Reinkarnationstherapeuten Trutz Hardo. Im Laufe ihres Indienaufenthaltes spezialisierte sie sich auf psychoenergetische und musikalische Heilarbeit, Reinkarnationstherapie und

Pflanzenheilkunde.

Seit 2009 lebt sie wieder in Deutschland und widmet sich seitdem nicht nur ihrer künstlerischen, heilpraktischen und schriftstellerischen Arbeit, sondern setzt sich auch intensiv mit dem Thema Hunde auseinander - vorrangig der Rasse Bolonka Zwetna.

Neben dem Schreiben von Büchern und ihrer tierheilpraktischen und -therapeutischen Arbeit, die sie seitdem weiter vertiefte, absolvierte sie eine Zusatzausbildung zur Hundefriseurin und besuchte diverse Weiterbildungen zum Thema Haltung, Zucht und Tierkunde. Heute lebt Antonia Katharina am Rande eines Dorfes in Mecklenburg-Vorpommern und betreibt die kleine Rassehundezucht der 'Zarenhunde aus dem Alten Jagdhaus'.

Webseite der Autorin:

www.antonia-katharina.de

Webseite der Hundezucht 'aus dem Alten Jagdhaus':

rund-um-hunde.jimdo.com

Webseite des Alten Jagdhauses:

altes-jagdhaus.jimdo.com

weitere Bücher von Antonia Katharina Tessnow

Madras

Zauber der Palmblätter

Die Palmblattbibliotheken: Tausende Jahre alt und bis heute ein ungelöstes Rätsel. Das Geheimnis dieses Ortes ist das Thema dieses Buches. Die Geschichte dreht sich um eines der größten Rätsel der Menschheit.
Eine Reise führte mich dort hin. Ich habe meine kleine Heimatstadt verlassen um der Sagenumwobenen Legende auf den Grund zu gehen, die besagt, dass dort alle Lebensgeschichten aller Menschen niedergeschrieben sind; allerdings nur von denjenigen, die sich aufmachen, um danach zu suchen.
Eben das habe ich getan. Und dies ist es, was ich gefunden habe.

Dieses Buch liegt in deutscher und englischer Fassung vor.

Menschen, die dieses Buch gelesen haben:

"Ein interessantes Buch. Wer will, findet die Antwort auf die Frage: Wie viele Leben hat ein Mensch?"
Günther Prinz, Publizist, ehemaliger Chefredakteur der 'Bild', Deutschland

"Da steht also mein ganzes Leben auf einem Palmenblatt in Madras. Dieses Buch hat mein Verständnis von Raum und Zeit grundlegend verändert."
Fritz Bloomberg, Ex-Vizepräsident Burda Media, New York

"Ein außergewöhnliches Lesevergnügen, das meine Sicht auf die Welt verändert hat."
Gregor Tessnow, Schriftsteller und Drehbuchautor

Die Botschaft der Tiere

Der Weg zurück zu uns selbst

Ein Wegweiser durch unsere Zeit

Es ist ganz und gar möglich, den Weg nach Hause zu finden. Wir brauchen nicht zu warten, bis wir diese Welt verlassen und zurück in unsere Seelenheimat gehen, um in den ewigen Gefilden Frieden und Liebe zu erleben. Wir können uns unser Zuhause, das Paradies, auch hier auf der Erde, auf diesem Planeten erschaffen. Es ist tatsächlich möglich, uns in ein neues, anderes Bewusstsein hineinzuentwickeln, von dem nicht nur die heiligen Schriften und die Erleuchteten im Laufe unserer Erdgeschichte berichtet haben, sondern von dem uns auch die Tiere erzählen, indem sie es uns Tag für Tag vorleben.

Wir Menschen können noch umkehren. Wir müssen diese Welt nicht zerstören. Es muss nicht alles so weitergehen wie bisher. Es ist möglich, den Weg zurück ins Paradies zu finden, doch können ihn uns nur diejenigen weisen, die ihn kennen.

Wenn wir den Tieren erlauben, uns den Weg zu weisen, werden wir ihn finden. Wenn wir ihre Botschaft ernstnehmen, sie verinnerlichen und versuchen, sie zu entschlüsseln, werden wir sie verstehen. Die Tiere haben das Paradies nie verlassen. Wer, wenn nicht sie, könnten uns diesen Weg weisen?

Kommunikation mit Tieren

ein Essay

Tierkommunikation ist keine Kunst, die nur wenigen Auserwählten vorbehalten ist, sondern eine Fähigkeit, die in jedem von uns schlummert und uns allen innewohnt. Es ist nichts, was man lernen muss, sondern es ist etwas, woran man sich erinnern kann, wenn man dafür bereit ist. Dieses kleine Büchlein beschreibt in kurzen, aufeinander aufbauenden Abschnitten die Kommunikation mit Tieren. Es soll dabei helfen, sich an seine ursprünglichen Fähigkeiten zu erinnern und sie wieder nutzbar zu machen; es soll ein Wegweiser sein und zeigen, dass jede Begegnung eine Aufgabe für uns bereit hält, für die es immer eine Lösung gibt und an der wir wachsen können. Alles hat einen Sinn und es lohnt sich, darauf zu vertrauen. Selbst wenn wir ihn manchmal nicht gleich verstehen.

Textauszug: 'Jede Kommunikation ist individuell. Jede Verbindung, jedes Karma einmalig. Manchmal sind die Tiere überhaupt erst dafür da, um dem Menschen die gefühlte, intuitive Wahrnehmung und Kommunikation zu erschließen. Es ist ein Gewinn für alle, wenn der Mensch beginnt, eine Verbindung zu seinem Tier und damit zu sich selbst herzustellen, sich seinen Themen und deren Botschaften zu öffnen und von ihnen zu lernen. Wenn du dazu bereit bist, das Tier in seiner Ganzheit zu erkennen und als gleich-wertig zu schätzen, wenn du dich auf dein Ganz-Sein einlässt und dem Tier genauso erlaubst, es selbst zu sein, wie es das Tier dir erlaubt, dann entsteht wahre Verbundenheit. Wenn du über die weit verbreiteten Trainingsmethoden der Dominanz und der autoritären Kontrolle hinauswächst und dich dem tieferen Sinn einer Begegnung zuwendest, wenn du versuchst zu erkennen, was dein Gegenüber dir beibringen will, dann beginnt die Kommunikation mit deinem Tier.

Bolonka Zwetna

Von der Empfindsamkeit der Hundeseele und der Liebe, die sie schenkt

Der Nr. 1 Bestseller in amazon in der Kategorie 'Hunde'

Dieser kleine Ratgeber soll nicht nur zum allgemeinen Verständnis der Beziehungen von Hunden zu uns Menschen beitragen, sondern vor allem den Menschen in seiner Seele berühren. Neben kurzen Überblicken über Rassestandard, Ernährung, Fellpflege und Haltung führt die Autorin den Leser in die facettenreiche Welt der Hundeseele, die voll tiefer Empfindsamkeit ist und niemanden unberührt lässt, der die Fähigkeit besitzt, zu fühlen.

Antonia Katharinas Liebe gilt seit jeher den Tieren. Viele Jahre war sie hauptberuflich in der Reiterei tätig bevor sie Heilpraktik, ganzheitliche Psychologie und Tierheilpraktik studierte. Seitdem widmet sie ihr Leben den Kleinhunderassen im Allgemeinen und dem Bolonka Zwetna im Speziellen. Neben ihrer schriftstellerischen, musischen und tierheilpraktischen Arbeit hat sie sich auf die Auftragsmalerei von Tierfotos spezialisiert und betreut ihre kleine Rassehundezucht der 'Zarenhunde aus dem Alten Jagdhaus'.

Die Hundezucht 'aus dem Alten Jagdhaus' präsentiert sich unter

rund-um-hunde.jimdo.com

Kelten Kalender

Terminplaner
mit Baumkreis und Mondstand

jedes Jahr neu!

Das Keltentum ist seit jeher Quelle geistiger und seelischer Inspiration. Jeder, der sich zu der Geschichte, den Philosophien und der Lebensweise unserer Urahnen hingezogen fühlt, spürt in sich meist auch eine tiefe Verbundenheit mit der Natur. Immer mehr Menschen spüren eine große Sehnsucht nach eben dieser Verbundenheit, die über die Jahrhunderte hinweg, durch Überlagerung moderner Glaubenssätze, verloren ging.
Dieser Kalender soll dazu beitragen, dass das wunderbare Gefühl der Naturverbundenheit wieder zum Leben erwacht und sich weiter vertieft. Aus diesem Grund wird hier auf die alten keltischen Feiertage und den keltischen Baumkreis zurückgegriffen und damit auf uraltes Wissen, das aus einer Zeit hervorging, in der sich die Menschen noch als einen Teil der Natur wahrnahmen. Möge dieser Kalender ein wenig von dem alten, geheimnisvollen Wissen unserer Urahnen wachrufen und in unsere Erinnerung zurückholen; und wir damit in der Lage sein, das ursprüngliche Wissen unserer Vorväter, der Kelten, anzuzapfen.

HAIR

Alles über alternative Haarpflege

HAIR - Alles über alternative Haarpflege, ist ein heilpraktisches Sachbuch. Es gibt in den einleitenden Kapiteln einen Überblick über die Inhaltsstoffe in herkömmlichen Shampoos und Duschgels und wie schädlich synthetisch hergestellte Chemikalien in der täglichen Anwendung auf Haut und Haaren sind. Des weiteren wird auf die Langzeitschäden eingegangen, die sich durch den dauerhaften und wiederholten Kontakt mit diesen Chemikalien ergeben können.

Der Hauptteil des Buches zeigt Alternativen zu herkömmlichen Produkten auf, die leicht umzusetzen und anzuwenden sind. Es wird auf komplizierte Anwendungstechniken verzichtet und ganz gezielt die Einfachheit der Methoden betont und in den jeweiligen Anwendungsbeschreibungen dargelegt. Alle alternativen Methoden zur Haut- und Haarreinigung sind von mir persönlich im Selbstversuch getestet, für jeden Interessierten leicht nachvollziehbar und die entsprechenden reinigenden Substanzen leicht erhältlich.
Im letzten Teil des Buches wird auf die Lebensweise, die Ernährung, Öle, Haarbürsten und Tipps und Tricks eingegangen, die langfristig und nachhaltig für gesunde und volle Haare sowie für gesunde, vitale und frische Haut sorgen.

Ziel dieses Buches ist es, das Bewusstsein für den Umgang mit unserem Körper, unserer Umwelt und damit unserer Gesundheit zu schärfen.

Astro Kalender

Planetenumlaufbahnen, Mondstände und Blanko-Chart für das eigene Horoskop

jedes Jahr neu!

Der Astro-Kalender dient als Wegweiser durch das Jahr und spricht nicht nur Astrologen, sondern auch alle Naturverbundenen an, die zu den Gezeiten und dem Umlauf der Gestirne eine Verbindung spüren. Somit dient dieser Kalender sowohl Hobby-, als auch professionellen Astrologen, die in ihrer Arbeit auf die Planetenstände und Sternzeitberechnungen der Ephemeriden zugreifen, als Leitfaden durch das Jahr. Zu Beginn ist ein Blanko-Radix eingefügt, um die persönlichen Sternstände oder ein entsprechendes Wunsch-Horoskop eintragen zu können. Weiterführend sind die Verläufe der einzelnen Planeten graphisch dargestellt und somit visuell auf einen Blick einsehbar. Zudem sind vor jedem Monat die entsprechenden Ephemeriden gelistet, sodass man den astronomischen Jahresverlauf immer bei sich hat. Der Übertritt der Sonne sowie des Mondes in die einzelnen Zeichen ist direkt an den entsprechenden Tagen im Kalender eingetragen. Möge dieser Kalender Hilfe und Erleichterung sein und all jenen nützen, die rund ums Jahr die planetarischen Einflüsse, denen wir unterworfen sind, im Blick haben möchten, um ihr Gespür auf diese Weise noch mehr zu verfeinern suchen und bisher auf umständliche Methoden der Sternzeitberechnungen zurückgreifen mussten.

Tattoo – Laser – Cover Up

Wenn der Traum zum Albtraum wird

Sowohl das Tätowieren als auch das Lasern ist nicht nur ein Eingriff in deinen Körper, sondern auch in deine Persönlichkeit und dem daran gekoppelten Gefühl, dir selbst gegenüber. Tätowieren verändert einen Menschen; mitunter hat diese Veränderung weitreichende Folgen und hinterlässt tiefe Spuren in deiner Seele. Festzustellen, dass dir das langersehnte Tattoo nicht gefällt oder gar misslungen ist, ist zudem eine schmerzliche Erfahrung, für die es wenig Helfende und Mitfühlende gibt.

Dieses Büchlein soll nicht nur eine Hilfestellung für Betroffene sein, sondern auch die Gedanken derer anregen, die mit der Idee spielen, sich unter die Nadel zu legen. Nicht nur meine eigenen Erfahrungen rund um das Thema Tattoo – Laser – Cover Up sind hier offengelegt, sondern es wurde auch ein Blick in all die Seelenschmerzen und inneren Qualen gewährt, die mit solchen Erfahrungen verbunden sind.

Jede Krise enthält eine Chance, weswegen die Chinesen dafür ein und dasselbe Wort verwenden. Die Chancen dieser Krise sind die daraus entsprungenen, weiterführenden und sehr hilfreichen Gedanken sowie all die wichtigen Überlegungen zum Tätowieren allgemein, die dir hoffentlich helfen mögen und die du unbedingt anstellen solltest, *bevor* du eine Entscheidung triffst, die dich in jedem Fall für dein Leben zeichnen wird.

Breakable - Zerbrechlich

Der Skandalroman aus Mecklenburg

Dieser Psychokrimi hat in der Region, in der es erschien, für so viel Wirbel gesorgt, dass sogar die Presse in die Geschichte eingestiegen ist. Anfeindungen, Intrigen und Klagen finden nicht nur im, sondern fanden auch um das Buch herum statt. Näheres ist einzulesen auf dem Blog

breakablezerbrechlich.wordpress.com

Klappentext:

Eine Frau aus der Stadt. Ein kleines Dorf. Eine alte Köhlerkate, traumhafte Umgebung und idyllische Umgebung. Nicolas Leben könnte nicht friedlicher sein. Eines Tages begegnet sie einem Bauern aus der Nachbarschaft. Es ist Liebe auf den ersten Blick. Als diese von dem Mann mit der unverwechselbaren Stimme auch noch erwidert wird, scheint ihre Welt perfekt.
Doch Nicolas Glück ist nur von kurzer Dauer. Trug und Lüge lauern hinter jeder Ecke. Gerade als sie beginnt, das Ausmaß des Bösen zu entdecken, tun sich Abgründe auf, in die sie niemals hätte schauen dürfen.

Nach einer wahren Begebenheit.

'In ihrem spannenden Roman voller überraschender Volten und psychologischer Abgründe begegnet der Leser Figuren, die er seit Langem zu kennen glaubt.'

Henrik Leschonski, Lektor

Winston

Eine Pferdebuch-Trilogie für Jugendliche

Da Antonia Katharina selbst viele Jahre als Berufsreiterin tätig war, greift sie hier auf einen langjährigen Erfahrungsschatz zurück und veranschaulicht die Welt der Pferde für jeden Leser so realistisch und wirklichkeitsnah, dass man meint, selbst am Geschehen Teil zu nehmen. Ein Pferdeleben, wie es authentischer nicht beschrieben werden kann.

Winston Band I

Ein Fohlen erblickt die Welt

'Da steht er nun. Seine Beine sind viel zu lang für seinen kleinen Körper. Er versucht sich mühsam in der Koordination seiner Bewegungen, die anfangs nur bedingt gelingen. Das Fohlen macht seine ersten Gehversuche und stakst dabei durch das Stroh wie ein Storch durch den Salat.
Es ist wackelig auf den Beinen. Das Neugeborene drückt seinen Körper fest an den seiner Mutter, um stehen zu bleiben und nicht umzukippen. Die Stute bleibt regungslos stehen und wartet, schaut ihr Fohlen an und wagt nicht, sich zu bewegen, sondern bietet mit ihrem großen, ausgewachsenen Körper dem Kleinen Stütze und Orientierung.'

Winston Band II

Die große Show

'Ich wünsche mir aus tiefstem Herzen, dass der Ort, an dem ich bin und alles andere mein Leben lang so bleiben wird wie in diesem Sommer. Das alte Gestüt, in all seiner Stille, entwickelte sich zum unvergesslichen Ort meiner Sehnsucht. Hier will ich sein. Hier gehöre ich her. Und in meinen stillen Augenblicken gibt es nichts, was mir fehlt.

Zwar weiß ich, dass es für die Menschen hier darum geht, Geld zu verdienen, Erfolg zu haben, die Pferde ordentlich auszubilden und teuer zu verkaufen. Doch für mich geht es um den Geruch von frischem Stroh, wenn ich morgens in den Stall komme; um das Glück, das mich durchströmt, wenn ich meine Fohlen auf die Weide lasse; um die Sehnsucht in Winstons Augen, um die warme Sommerluft an lauen Abenden und den unendlichen Frieden, der über den Weiden liegt.

So gingen die Tage ins Land. Alles verlief ruhig. Bis zu jenem Tag, als etwas geschah, was diese Stille durchbrach.'

Winston Band III

Nichts ist unmöglich

'Mein Winston. Niemals hätte ich gedacht, dass man so eine tiefe und innige Beziehung zu einem Pferd haben kann. Dass man sich mit einem Tier so gut verstehen, so klar die Gefühle und Gedanken des anderen erfassen kann; und das alles ohne Worte. Ja, dass man ein Zusammengehörigkeitsgefühl entwickeln kann und eine Nähe, wie das bei uns der Fall ist und das manche Menschen mit allen Worten der Welt niemals herzustellen in der Lage sein werden.'

Copyright der Originalausgabe by Antonia Katharina Tessnow

Mecklenburg-Vorpommern, Oktober 2017

ALL RIGHTS RESERVED. No part of this book may be reproduced in any form or by any electronic or mechanical means including information storage and retrieval systems without permission in writing from the publisher, except by reviewers who may quote brief passages in a review.